ふかいことをおもしろく

井上ひさし

PHP文庫

○本表紙図柄＝ロゼッタ・ストーン（大英博物館蔵）
○本表紙デザイン＋紋章＝上田晃郷

ふかいことをおもしろく　目次

1 父から受け継《つ》いだもの 7
2 僕《ぼく》の戦争体験 15
3 物語に魅《み》せられて 23
4 本とのつき合い方 31
5 母の波瀾万丈《はらんばんじょう》人生 37
6 児童養護施設の青春 45
7 人生の時刻表作り 51
8 挫折して釜石《かまいし》へ 57
9 国立療養所に勤めて 65
10 文学との出会い 69
11 浅草《あさくさ》フランス座へ 75

12 懸賞応募からプロの道へ 81
13 僕《ぼく》の創作術 85
14 劇作の喜び 91
15 笑いとは何か 95
16 文学が持つ力 101
17 変化する言葉 105
18 日本語の新世紀 113
19 デジタルの時代に 119
一〇〇年後の皆さんへ、僕《ぼく》からのメッセージ 126

資料協力◎（P13・14）こまつ座
写真協力◎（P28）遅筆堂文庫
（P29）東ソーアリーナ・遅筆堂文庫山形館

1

父から受け継《つ》いだもの

父が死んだ年齢と同じ三十四歳くらいまでに
父が目指した道を自分も歩いていたいと
小さい頃《ころ》から思っていました

僕《ぼく》のふるさとは、山形県の南部にある羽前《うぜん》小松（現在の東置賜郡《ひがしおきたまぐん》川西町）です。明治時代にこの地を訪れたイギリス人女性紀行作家のイザベラ・バード※が「アジアのアルカディア（理想郷）だ」という言葉を残したほど、風光明媚《ふうこうめいび》な地域でした。

父の実家は小さいながらも代々地主で、薬や文房具を置いたいわゆる「よろずや」も営《いとな》んでいました。地主の子どもの多くは東京や都会の学校に進学して、自分の田畑を持てない家の子は、地主の田んぼで働くのが田舎の常でした。

夏休みに帰省したとき、一緒に遊んでいた友だちが、泥《どろ》だらけになって田んぼで働く姿を見て、地主という立場にある親たちのやり方に、反抗心を覚える地主の子どもたちもいました。

大正デモクラシーの時代、僕の父もそんなうちの一人でした。

父は、僕が五歳のときに亡《な》くなりましたが、母の話によると、父は、地主である祖父とぶつかって、農地解放運動を行うようになったそうです。やがて、その啓蒙《けいもう》活動の一環として、近くの大きな町で劇団を作り、芝居《しばい》を通して農地解放を訴《うった》えていたそうです。

一方で、町の若だんな衆とふるさとをよくしていこうという活動もしていました。町の劇場を使って、クラシックを聴いたことのない人のためにレコードを持ち寄ってコンサートを催《もよお》したり、自分たちが気に入った映画を持ってきて上映会も開きました。僕らの若かりし頃《ころ》も、すべてそこから教養を得ていたといってよいくらい、町の劇場は故郷での大切な場所でした。

その劇場の名前は「小松座」。僕の戯曲《ぎきょく》を専門に上演する制作集団「こまつ座」※は、この名前に由来しています。

じつは、父は作家志望で、当時、作家の登竜門といわれた「サンデー毎日」の懸賞小説で一等になりました（ちなみに佳作が後の文豪・井上靖《いのうえやすし》さんだったことが母の自慢だったようです）。それが脚本家を探していた松竹《しょうちく》・大船撮影所《おおふなさつえいじょ》の目に留まり、父は脚本家としてスタートできることになったのです。ところが、仕事にとりかかる直前に病《やまい》に倒れ、脊椎《せきつい》カリエスという病気であることがわかり、作家への夢の扉が閉ざされてしまいました。

好きな道で「これからやるぞ」というエネルギーがマグマのようにたまっているときに、病気になってしまった父。心残りだったろうと思います。父の悔《くや》しさは、子ども心にもなんとなくわかっていました。

だからでしょうか、父が他界したのが三十四歳くらいだったと思いますが、僕も父が目指した道を歩いて、その年齢までには自分も何かものを書く仕事をしたいと幼心《おさなごころ》に思い始めていたのでした。

僕の書いた戯曲に『※イーハトーボの劇列車』というのがありますが、その中に「思い残しきっぷ」というものが登場します。人が死ぬとき、この世でやり残したことへの思いをきっぷに託し、後の人に受け渡していく、というものです。それは、父の志《こころざし》を受け継《つ》いできた自分自身の生き方から生まれたものかもしれません。

僕が物語を作りたいという気持ちは、こうして育《はぐく》まれていったように思います。僕が小説のようなものを書き始めたのは、小学一年生くらいからです。といっても、「鞍馬天狗《くらまてんぐ》が僕の家にやって来ました。一緒にごはんを食べていると、新選組がやって来たので、鞍馬天狗はパッと煙にまいていなくなりました」……という原稿用紙三枚ほどのものですが。

父から受け継いだ創作意欲のようなものが、子どもなりにあって、たとえ数枚でもいいから原稿用紙に書き記して、形にしたかったのだと思います。

※「イザベラ・バード」　一八三一年、英国ヨークシャーのバラブリッジ生まれの紀行作家。明治初期、北日本の旅の途中で米沢平野に立ち寄る。日本を旅した様子を記した著作『日本奥地紀行』がある。

※**こまつ座**　座付き作家井上ひさしの戯曲のみを専門に上演する制作集団として一九八三年一月創立。旗揚《はたあ》げ公演は、一九八四年四月『頭痛肩《ずつうかた》こり樋口一葉《ひぐちいちよう》』。以降、新作、再演、そしてこまつ座以前の井上作品も織り交ぜて、井上ひさしに関する舞台を年平均三〜四作品上演し続けている。ホームページ：http://www.komatsuza.co.jp/

※『**イーハトーボの劇列車**』　父との深刻な対立、夢と苦悩、愛と絶望を乗せ夜汽車は走る……上京中の宮沢賢治《みやざわけんじ》に焦点を当て、東京に向かう列車内と東京での滞在先を舞台とした戯曲。一九八〇年に五月舎での初演以降、こまつ座ではこれまでに五回上演されており、直近では二〇一九年に上演されている。

2

僕《ぼく》の戦争体験

ほかの子とは違《ちが》うというふうに言われて
傷つくようなことはありませんでした
根が楽天的なんでしょう
何でもいい方へ、いい方へ
考えて暮らしていたように思います

僕《ぼく》の戦争体験は、小学校一年生から五年生の夏にかけてでした。僕の芝《しば》居《い》には、『紙屋町《かみやちょう》さくらホテル』をはじめ、戦争をモチーフにしたものがいくつかありますが、それは子ども時代に、戦争の悲惨さを目《ま》の当たりにしながらも、「あの戦争は何だったのだろう」という疑問が、いまだに解《と》けていないからだと思います。

太平洋戦争が始まった昭和十六（一九四一）年十二月八日、僕は小学一年生でした。小学校は国民学校に変わり、校庭は全部豆畑になっていきました。

子どもたちが教わるのは、空襲のときの逃げ方だけではありません。家から座布団を持ってきて座布団爆弾を作り、その爆弾を抱いて戦車に体当たりしていけ、と、先生の指示で戦車に見立てた箱に飛びこむ訓練をしました。

故郷の羽前《うぜん》小松は、その名の通り、松がたくさんある地域でした。その松の根っこから松根油《しょうこんゆ》という飛行機の燃料になる油を採取するため、子どもたちは松の根っこ掘りもやりました。こうして、特に昭和十九年、二十年はあまり授業を受けた記憶がない、そんな時代でした。

戦時中は「八紘一宇《はっこういちう》」という考えが日本中を支配していました。それぞれの国の違いを認めるのではなく、日本のもと、世界中がひとつの家になるように生きていけば幸せになれると説く考えです。しかし、我が家の場合は、ちょっと違《ちが》ったように思います。

当時、子どもにとっての最高のおやつといえばアイスキャンディーでしたが、いつも僕はイチゴのキャンディーしか買えませんでした。まわりから「おまえはアカの子どもだから」と言われ、それしか買うことを許されなかったのです。「おまえはアカの子だから、赤いキャンディーでいいん

だ、白いのとかあずきが入ったのはとんでもない」というのです。

それは、いじめというより、当時の大人の常識で測ったものの見方でした。国の方針に従わないのは非国民と言われ、ちょっとでもずれると全部非国民として扱われるのが普通だったのです。

父は、農地解放運動をはじめ、当時の国の方針や制度に必ずしも従っていたとはいえない人でした。

父が亡くなったあと、母は父から聞かされていたことを、僕にも話してくれました。僕も、父の蔵書の社会主義やいろんな本をわけもわからず読んだりしていたので、何かほかの子どもと違う感覚でいたようです。いじめまではいきませんが、「スパイの子」などと言われたりもしていました。

しかし、傷ついたようなことはありませんでした。ほかの子と違うふうに言われるのは父のせいだとか、それでいじめられたとか、そんなことは考えもしませんでした。根がやっぱり楽天的なんでしょう。何でもいい方へ、いい方へ考えて暮らしていたように思います。

3

物語に魅《み》せられて

幼い頃《ころ》になかったものを
今、自分が育った町に返していく

「子どもの頃《ころ》から作文がお上手だったのでしょう?」とよく言われますが、じつは、作文の点数はとても低いものでした。

たとえば、「遠足のことを書きなさい」と言われると、事実だけを書くと、「何時に出発しました。お弁当はこうでした。みんなで一緒に過ごしました。とても楽しかったです」というくらいしかないわけです。

しかし僕は、それではみんなと同じになるんじゃないかと思ってしまう子どもでした。それで、「僕《ぼく》のあとをアリがついてきました」とか付け足してしまうのです。

もちろん、アリが本当についてきているわけではなく、そこからは全部創作です。ついてきたら面白いだろうなとか、そういうふうに考える癖《くせ》があって、思いついたことをそのまま書き足していたのです。作文の評価が低くなるのは、そのせいだったようです。

小説を読むのも好きでした。そして、小説がいかに人生に役立つかを学んだのもその頃です。たとえば少年に人気のあった、スティーブンソンの『宝島』というのを読んでいたときでした。当時の僕は、母と兄弟三人の暮らしになって、なんとなく心細かったのです。行きずりの酔《よ》っ払《ぱら》いが家の前で騒《さわ》ぐようなことがあるとなおさらです。

そこで、僕は小説にならって「僕はジム少年でいればいいんだ。今やってきたのは海賊《かいぞく》で、何かあったらこの小説のように振る舞えばいい」と思ったりしました。小説の役割を自分の生活に置き換え、何かがあったらジム少年になって本家《ほんけ》に駆《か》け付《つ》けるとか、そういうふうにして家を守ればいいのだ、というのが、小説を読んでいるうちにわかってきたように思いました。

昭和の初め頃、一冊一円の全集類がブームになり、五十数種類くらい出ていました。父がちょうど小説の勉強をしていたこともあり、家には『鉄《てつ》仮面《かめん》』や『レ・ミゼラブル』などたくさんの円本《えんぽん》があったので、僕はそれを読むようになりました。

というのも、当時の町立図書館に蔵書は百冊ほどしかなく、それも農事歳時記など子ども向けでないものばかり。「もっと、たくさん本があったらなあ」と思いながら育ったのを覚えています。

そこで今、故郷である山形県の川西町には、僕の蔵書を寄贈した図書館「遅筆堂文庫《※ちひつどう》」が出来ています。それは、僕が子どもの頃に「もっと本が読めればなあ」と思っていた経験から、同じようにもっと読みたいと感じている子どもたちのために、少しでも力添えになれればと思ってつくったものです。

自分自身が幼い頃になかったものを、育った町に返していきたい……どこかでそう思っていたのかもしれません。

【遅筆堂文庫】

所 在 地：山形県東置賜郡《ひがしおきたまぐん》川西町大字《おおあざ》上小松 1037-1
川西町フレンドリープラザ内

開館時間：火～土曜日　午前 9 時30分～午後 7 時（日曜・祝日は午後 5 時）

休 館 日：毎週月曜（月曜が祝日の場合はその翌日）・年末年始・国民の祝日の翌日・図書整理期間・臨時休館日

運　　営：川西町フレンドリープラザ指定管理者　ＮＰＯ法人かわにし文化広場

ホームページ：https://www.kawanishi-fplaza.com/book/

【遅筆堂文庫山形館（東ソーアリーナ・遅筆堂文庫山形館）】

所 在 地：山形県山形市蔵王松ヶ丘2-1-3

開館時間：午前10時～午後７時

休 館 日：年中無休（ただし12月31日～１月３日休館）

運　　営：公益財団法人 弦 地域文化支援財団

ホームページ：http://www.gen.or.jp

※**遅筆堂文庫**《ちひつどうぶんこ》　一九八七年八月、井上ひさしの蔵書七万冊をもとに故郷・山形県川西町に誕生。本や資料二十二万点を収蔵している。二〇一五年から吉里吉里忌（井上ひさし文学忌）を開催している。「井上ひさしの書斎」を再現。二〇二四年四月から公開している。〈遅筆堂文庫山形館について〉二〇〇八年九月、シベールアリーナ・遅筆堂文庫山形館が開設。シベールアリーナ（現・東ソーアリーナ）は劇場。山形館は、川西町の遅筆堂文庫から蔵書を巡回《じゅんかい》、展示している。二〇一二年三月には展示館「母と子に贈る日本の未来館」が開館。

4

本とのつき合い方

情報をどんどん入れて知識になり
知識を集めて知恵を作っていく
どんな仕事もきっと同じはず

僕《ぼく》の蔵書は二十万冊あまりといわれています。確かに、一日三十冊くらいのペースで本を読んでいますので、そのくらいになるかもしれません。「忙しいのに、よくそんなに読めますね」と言われますが、本の読み方には自分なりの方法があるのです。もちろん、一冊一冊すべてをじっくり読んでいるわけではありません。

たとえば、本で何かを調べるときには、まず目次を読んで、その本で著者が言いたいことを探ります。日本の学者は、たいてい結論を最後に持ってきますから、まず最後の方から見るのです。そこに思ったほどのことが書かれていなければ、その本は前半もそれほどではないだろうと勝手に考えます。逆に、一部を読んで面白かったら全体を読んでいきます。

一読して心に残った本は、必ず表紙の裏に自分なりの索引《さくいん》みたいなものを書きこんで、ダイジェストを作ってしまいます。そうやって自分流にじっくり向き合いながら何度も繰り返し読む本と、見当をつけてバーッと読んでいく本があります。

一日三十冊、四十冊読むのも難しくはありません。それは、竹細工の職人さんが、たくさんの竹のなかから、ちょっとした感触などで「これならこういうモノを作ろう」と直感的に思うように、これは職業的な訓練ともいえるでしょうか。本から得たものをいったん体に入れ、年表を作ったり、いろいろ試行することが、僕の知識の元になり、書くということにも繋《つな》がっていくのです。体にどんどん入れる情報がいくつか集まって、知識になります。その知識を集めて、今度は知恵を作っていくのです。

この作業では作家でも、そうでない人でも同じです。情報を知識へ、知識を知恵にしていくということは、自分の体験を少しまとめ上げて、その集まりから小さな文章を作っていくということです。これがそれぞれの知恵になるわけです。僕もそれをやっているだけです。

僕の蔵書第一号は、宮沢賢治《みやざわけんじ》の『どんぐりと山猫《やまねこ》』でした。手に入れたのは国民学校の五年生のとき、戦争が終わってすぐの年でした。

当時、新聞の一面は本の情報だけが載《の》っていました。そこで、『どんぐりと山猫・宮沢賢治』を見つけたのです。どうしてこの本が欲しいと思ったのか、今となってはよくわからないのですが、何かこう、勘《かん》が働いたとでもいうのでしょうか。戦争中は、皆が「雨ニモマケズ……」というのを暗唱させられていましたから、「あの詩を書いた、あの人の本だな」と思って興味を持ったのかもしれません。はじめて郵便局から為替《かわせ》を組んで出版社に送りました。その本を待つ間はとても楽しかったです。

当時の金額で、一冊が二円三十銭ぐらいだったかと思います。僕が国家公務員になったときの初任給が三千六百円で、それよりずいぶん前の時代ですから、今の価値でいうと、決して安いものではなかったはずです。しかし、母は本を買うことについて、一切文句を言いませんでした。

ここではじめて告白します。あの頃、母は財布《さいふ》を枕《まくら》の下に入れて寝ていたのですが、僕は、母が寝入って寝返りを打つのを待っていました。そして、寝返りを打ったときに、母の財布を枕の下からスッと出して、そこから十円なり二十円なりをくすねるのです。それで、今度はまた寝返りを打つのを待って、財布を元の場所にスッと戻しておく……そんなことをやっていました。大ざっぱな性格の母なので、あまりきっちりと財布の中身を勘定《かんじょう》していなかったから、少しくすねてもわからないだろうと、子ども心に思ったのでしょう。しかし、きっと母は気づいていたと思います。ただ、これは僕が何か変なことに使っているのではなく、映画か本以外に使い道はないだろうと見当がついていたのでしょう。だから何も言わなかった、そう思っています。

5

母の波瀾万丈《はらんばんじょう》人生

母はちょっと親分肌《おやぶんはだ》
人を疑う人ではありませんでした

父が亡《な》くなってから、母が一家の生計を支えていました。商売の才能があったのかどうかはわかりませんが、儲《もう》かっていた時期もあったようで、たんすの下を開けるとお札がいっぱい……そんなことを記憶しています。

あるとき、母は「社会還元」だと言って、自分でお金を出して浪曲師《ろうきょくし》を呼びました。それも自分で勝手に本を書き、お客さんを集めて浪曲師に披露《ひろう》させるというのです。

当時の娯楽といえば映画でしたが、浪曲も大流行《はや》りだったからというのが理由でした。

そこへ、疎開かたがた田舎にやって来た三流浪曲師に、ちょうどいいと声をかけ、母が自ら台本を書き、『ナイチンゲールの一生』とか、『エジソン伝』をやらせていました。浪曲といえば『忠臣蔵』ですが、ここは上杉藩のお膝元《ひざもと》、普通の浪曲を語れる状況ではありません。とはいえ、『ナイチンゲールの一生』を浪曲で聞いても、全然面白くもないのです。僕《ぼく》はもう恥ずかしくて恥ずかしくて……。

内容はハイカラでも、聞いている方もつまらなきゃ、やっている方も不安に思うのは当然です。浪曲師のおじさんも、もう先行きがないと思ったのか、母の会社で会計をやっていたおばさんと一緒に、売り上げを全部持って突然行方不明になってしまいました。会計係のおばさんは、東京から来た未亡人でした。

母はちょっと親分肌《おやぶんはだ》で、人を疑う人ではありませんでしたが、このときはさすがに二〜三日は頭を抱《かか》えこみながら、なぜかずっと新聞を読んでいました。そして、突然、「一関《いちのせき》に行ってくる」と言い出したのです。

その頃《ころ》、一関の磐井川《いわいがわ》では、戦争が終わってすぐ立て続けに大水害が起こったため、本格的な堤防を作る公共工事が行われていました。母は、浪曲師が一緒に疎開してきたお兄さんの土建業を手伝っていたのを覚えていたのです。それで、「きっとお金を持って一関の現場に行ったはずだ」と目星をつけたのだと思います。

母は僕らに向かって「一週間いなくなるから、これでなんとかして」と、封筒に小分けにした生活費を渡しながら言いました。そして、母はたった一人で浪曲師と会計のおばさんの捜索へと向かったのです。

母の勘《かん》は当たり、浪曲師と会計のおばさんは、堤防の工事現場で見つかりました。しかし、見つけてとっちめても、結局お金は戻ってこないことはわかっていました。そこで、喧嘩《けんか》っ早いというか、口が達者な母らしく、なんと彼らをそこから追い出して、その組を乗っ取って「井上組」にしてしまったのです。

しばらくして、僕らも母のもとへ赴《おもむ》きました。水害でも流れないで済んだといわれる蔵に入ると、そこにはどてらを着た女の人が立っていました。それは、紛《まぎ》れもなく母でした。すっかり現場にとけこんだ姿を見て、僕らもびっくりしたことを覚えています。

母の行動力は止まりません。堤防工事が終わって土建業の仕事がなくなると、突然ラーメン屋の住みこみ店員になってしまいました。

気がつくと、一関に乗りこむ前のように、また新聞を読みあさっているのです。そして、「日本はこれから復興していく。最初に盛んになるのは鉄だ」と言い、「鉄といえば釜石《かまいし》、そこへ行けば何とかなる」と、またパッと釜石へ住まいを移し、屋台を始めてしまったのです。

僕らは母とは同居せず、仙台のラ・サール・ホームという児童養護施設で暮らすことになりました。あまりにすごい人たちがいる飯場《はんば》で子どもを寝泊まりさせるのは、さすがに影響が強すぎるのではないかと、母なりに

考えたからのようです。

その施設は、修道院と隣《とな》り合わせに、仙台の小高い丘の上に建っていました。ここで、母はひとつ大きな勘違《かんちが》いをします。ラ・サール・ホームという名前から、修道院の綺麗《きれい》な建物のイメージで、スイスとかイギリスにある優雅な寄宿学校のようなものだと思いこんでいたのです。

一関にいた神父さんと話していたときにここを知ったようで、本来は孤児しか入れない施設ですが、どうやら母のパワーに押《お》されたらしく、その神父さんを通じて紹介で入れてもらったようです。

母は「規律正しい寄宿学校へ子どもを預けるなんてステキなことだわ」というイメージの世界にいたのでしょうか、施設へは常にお金を送ってきていたようです。しかし結局、そのお金が何に使われていたのか、最後まで気づいていなかったのでした。

6

児童養護施設の青春

頑張れば光は見えてくる

僕《ぼく》がラ・サール・ホームに入ったのは、昭和二十四（一九四九）年九月でした。日本はまだ、みんなが下駄《げた》を履《は》いていた時代です。出来たばかりの児童養護施設には、仙台をはじめ東京からもたくさんの戦災孤児が集まっていました。

児童養護施設、戦災孤児……つらい思いがありそうですが、当時の子どもはあまり悲観的ではありませんでした。その頃《ころ》の日本全体がそうだったように、頑張れば光は見えてくるという希望があったようです。

出身地の置賜《おきたま》盆地あたりで、僕は神童と呼ばれていました。次に暮らした一関《いちのせき》では秀才と言われました。たぶん、生まれたところよりは出来る人が多かったからでしょう。そして、仙台に移ってから通った東仙台中学校では常に上から二番目ぐらいでした。ところが、高等学校（仙台一高）に行ってからは、どんなに頑張っても真ん中から上に行けないのです。当時の高校はそれほどレベルが高いものでした。そこでやっと、「じつは、世の中には神童・秀才っていうのは山ほどいて、自分はただの凡才《ぼんさい》なんだ」ということがわかったわけです。

それで、ちょっとやそっと勉強しても無駄かもしれないなと思ってしまった僕は、「それなら自分が好きな本を読んで映画を見よう」というふうに考えを切り替えることにしました。

担任の先生に、「僕は将来、物書きになりたいし、新聞記者とか映画監督とかいろいろなりたいものがあるので、仙台に来る映画を全部見たいと思います。それから、高校の図書室の本を全部読みたいと思います。ついては、午後から授業には出られません」と相談してみました。

今では考えられないことですが、そういうことが言える雰囲気の学校だったこともあると思います。

すると先生は、「わかった。その代わり、感想とか半券とか、映画を見たという証拠《しょうこ》をノートに貼《は》って出しなさい。そうしたら認めてやろう」と、あっさり言ってくれました。

それから、僕はありとあらゆる映画を見倒《みたお》しました。朝から六本くらいの興行を立て続けに見て、気に入った作品は何回も見ながら、映画館の暗がりで作品のよいところをメモしたり、自分なりのシナリオを作ったりしました。そのためのお金は、寄宿舎に通わせている（と勝手に思っていた）母が、息子のために送ってくるものでまかないました。

そんな母へ、当時、僕はこんな手紙を送っていたそうです。

「僕は昨日、仙台のアオキホテルで賞を受けました。

賞金の中から、貧乏している母さんに千円送ります。
『レベッカ』の映画評で僕が第一位になったのです。
ホテルのごちそうは、胃袋をたまげさせるほどおいしく、
母さんと兄ちゃんとシュウスケに食べさせたいと思ったとき、
涙の一滴をスープに落としましたが、僕は飲んでしまいました。
スープの味はちょっと塩がきいているような気がしたのも、
僕の涙のせいでしょう。
涙の一滴も無駄にしない僕は、
将来、成金《なりきん》になるかもしれないと想像すると楽しくなります。
さようなら」

7

人生の時刻表作り

どうしても物語性の中に自分を置きたがる
それは、子どもの頃《ころ》から変わっていない

いつも僕《ぼく》は計画だけはしっかり立てるタイプでした。中学や高校の頃《ころ》も、二年に一度くらいは将来の姿に想いを馳《は》せては、人生計画を立てていたように思います。

高校生の頃に、将来は新聞記者かやっぱり映画の脚本家になりたいと思って、それに向けた計画を立てることにしました。特に、最初に立てた計画はよく覚えています。

まず、仙台の一番町という繁華街《はんかがい》で僕が財布《さいふ》を拾います。それが河北新報《かほくしんぽう》（仙台に本社のある新聞社）の社長の財布だとわかり、それをきちんと届けます。届けると、感心な少年だということで、河北新報の坊《ぼう》や（小間使いのようなお手伝いの少年）に使ってもらえるようになります。そうしているうちに、「こいつ、なかなか書ける」ということになって、いろいろ書かせてもらうようになります。すると、河北新報の綺麗《きれい》な社長令嬢と恋仲になり、結婚して、河北新報を引き継《つ》いで、ブロック紙じゃなくて、全国一の新聞にする……そんな夢のような計画を勝手に立てていました。

僕の場合は、計画するだけじゃなくて、本当に財布を捜しに行きました。もちろん落ちているわけがないのですが。

どうしても物語性の中に自分を置きたがるっていうのは、子どもの頃から変わっていないのです。こういう能天気な性格は母親譲《ゆず》りでしょうか。

ほかにも、高校のときに財布を拾って（なぜかいつも財布を拾うところから始まります）、その後、懸賞募集に当選し、それで認められて職業的な文筆活動に入って、それでなぜか映画スターと結婚する……というのもありました。僕の人生の時刻表作りはそんなところからスタートしました。

実際は、財布を拾うのと映画スターと結婚するのは別として、書くきっかけが懸賞からというのは少し当たっていたりもするのですが、一方で現実には、ライバルというかすごい人たちが出てきているのに衝撃《しょうげき》も受けていたのです。

そのひとつが、「大江健三郎《おおえけんざぶろう》ショック」です。学年が同じ大江健三郎さんが、東大時代にものすごい作品を書いて、世間でも話題になっていたのです。それを横目に見ながら、一時期は「あ、小説は大江健三郎さんに任せて、おれたちはほかのことをやった方がいいな」と思ってしまうような時代がありました。

筒井康隆《つついやすたか》さんも同じで、同学年なのに、SFのすごい作品を生み出していて、もうSF小説は筒井さんに任せようという感じでした。ライバル心から生まれた、同年代だからこそ通じる何かがあったのでしょう。それで僕は、とにかく芝居《しばい》を書こうと思いました。

舞台では、俳優が「私は少年です」と言えば、みんな少年だと思って見てくれます。

また、シェークスピア劇に多いのですが、「皆さん、ここは海です」なんて言うと、そのひと言で、うたぐり深い人だろうと、皆がここは海かと思って舞台を見る。

こんなに簡単にお客さんを取りこんでしまうなんて、演劇っていうのはいったいなんだろうと思ったのですね。

そんな舞台にあるいろいろなルール、つまり演劇とは何か、ということを理解するには、まず実際に舞台の後ろに入ってみないとわからないなと思ったのも、その頃のことでした。

8

挫折して釜石《かまいし》へ

映画館もたくさんあるし
芝居《しばい》も見られて、母もいる
釜石《かまいし》は、僕《ぼく》には思いのほか
居心地がよかったのかもしれません

上智大学への進学を機に上京したのですが、訛《なま》りのことでずいぶん悩《なや》みました。東京へ来たっていうことだけで緊張して吃音《きつおん》にもなってしまい、さらにうまく言えなくなるのです。

今では信じられないでしょうけれど、「四《よ》ッ谷《や》」が「ヨチヤ」としか言えませんでした。特にタ行が苦手で、駅できっぷを買うのに「立川《たちかわ》」が通じないと思うと恥ずかしくて、その先の駅まで買ったこともありました。

そのせいで東京ではしゃべるのが本当に嫌《いや》になり、大学一年生の一学期を終えると、ついに母がいる釜石《かまいし》へ帰ってしまいました。

釜石では、母の屋台の仕事を手伝いました。漁港の大きな冷蔵庫にモツを預かってもらっていて、まず午前中にその日の分を引き出しに行くのですが、それを狙《ねら》ってカラスがやってきます。釜石のカラスはものすごい勢いで、必ずといっていいほどモツを持っていかれてしまいます。夕方、そんなカラスと闘いながら、母と串《くし》を作ることもなんだか面白く思えました。

母の屋台のお客さんに、僕《ぼく》もよく行っていた図書館の館長さんがいました。

「息子がこっちに帰ってきているのだけれど、何かいいアルバイトはありませんか」

と母が聞いてくれたところ、

「疎開させた本を、やっと遠野《とおの》の方から戻したので、その整理をやってもらいたい」

と言ってくださって、僕は二日に一度くらい図書館でアルバイトをすることになりました。アルバイト料は五百円くらいだったでしょうか。それでまた本を買ったりしていました。

屋台にはいろいろなお客さんが来ていたので、僕は七輪《しちりん》に火をおこしながら、いろいろな情報を得ることができました。まもなく国立の療養所が出来ることも、職業安定所の所長さんから教わりました。看護婦さんの面接をしているところだと聞き、「看護婦さんの面接かあ、いいなあ」と、翌日見に行ってみると、若いお嬢さんが三十人ぐらい職業安定所の前に集まっていました。

「あ、こういう中に入ったら、もてるかもしれないな」なんて邪《よこしま》な気持ちもよぎりました。

気づけば、釜石に戻ってから、いつの間にか吃音が直っていたのです。海のそばで、街は鉄と魚でものすごく賑《にぎ》わっていて、映画館もたくさんあるし、芝居も見られて、母もいる。釜石は、僕には思いのほか居心地がよかったのかもしれません。僕はまだ大学には戻らず、しばらく仕事をすることを選びました。

国立療養所の職員になるには、国家公務員資格が必要です。僕は、ちょうど前年に国家公務員の一番下の階級だった三級職（当時）に合格していました。その頃《ころ》は進学適性検査の前だったこともあり、運試しに友人たちと受けていたことが功を奏しました。

話は進み、国立療養所の所長さんから試験をすると言われました。

「今、待合室に二人の患者さんがいます。一人は、ボロボロな身なりで、子どもを抱いてご飯を食べさせながら待っている母親らしき女性。もう一人は、ひげを生《は》やし、金《きん》か何かの鎖《くさり》を垂《た》らして、見るからにお金持ちそうな威張《いば》り腐《くさ》った態度の男性。さあ、君はどちらを先に医者へ案内しますか？」

「それは貧しい人です」と即座に答えた僕にこう言いました。

「君は駄目《だめ》だねえ。病気の重い方を先に案内するんだよ」

所長さんは、じつにすごい人でした。

9

国立療養所に勤めて

療養所の所長さんとの出会いはとてもよいものでした。月の半分は東北大学の教授も務めておられた所長さんは、じつは、仙台一高の先輩でもありました。結局、縁あって国立療養所に勤めることになった僕《ぼく》は、それから二年半、いろいろな社会勉強をさせてもらいました。

所長さんは、いつも患者さんの家族に「あなたのお子さんはもうちょっとかかります」とか「あと半年で何とかなるかもしれません」と、手紙を書いて届けるようにしていました。

当時、療養所にいる患者さんの費用は、九割が健康保険などの国庫負担で、一割は自己負担でした。ですから本来は、ご家族に一割負担分を請求しに行くところですが、手紙を届けるように預かるとき、いつも言われたのは、「絶対に金を取ってくるな」ということでした。

「あの人たちは働いてちゃんと税金を払《はら》って、自分で好んだわけじゃなく、たまたま病気になってしまった。今、治《なお》そうとしているときに、自己負担分を取るなんていうのはいけない」

所長さんは、ガダルカナルの軍医さん出身で、非常にヒューマンな方でした。僕は感服してしまい、すっかり影響を受けて「医者になろう」と思いました。

夢だった映画監督や新聞記者とはずいぶん違《ちが》いますが、そのときは、「お医者さんになって、それからゆっくり何か書けばいいや」と思ったほどでした。

10

文学との出会い

読んでいる間はゲラゲラ笑って
一日ぐらいホッとするような
そういう小説を絶対書きたい

図書館でのアルバイトもとてもいい経験になりました。僕《ぼく》の仕事は、図書館をきちんと整備するために、疎開先から戻ってきた明治時代のいろいろな貴重本のほこりを払《はら》い、綺麗《きれい》にして飾るというものでした。蔵書の中には、黄表紙集《きびょうししゅう》という江戸の後期の大人のための絵本のようなものがあって、たまたまそれを手にして読んでいたら、僕は、なんだか生きる力がわいてきたような気がしました。そのとき、まさにこれが文学の仕事だなと思ったのです。

僕は東京に行って、言葉をちゃんと使えないせいで、挫折《ざせつ》を経験しました。大学は、カトリックで奨学金《しょうがくきん》があったこと、靖国《やすくに》神社参拝に最後まで反抗した大学だったことから、上智大学を選びました。

しかし、当時は東京といえば、東大、早稲田、慶應のマークがモノをいう時代。それだけでものすごく劣等感を感じてしまい、吃音《きつおん》になったのかもしれません。それが、黄表紙などを読んでいるうちに、「なんてことないんだ」と思えるようになったのです。

そういう劣等感も含めて、小さいことを考えすぎていたことに気がつき、日本語や言葉って面白いな、話を作るってすごいな、ということを教えられました。落ちこんでいる青年をこれだけ元気づけてくれたのですから。その頃《ころ》は、療養所の所長さんみたいなすごい人と出会って、医者を目指そうと思い立ち、実際に試験も受けたのですが、岩手医大、弘前《ひろさき》医大と見事に落ちてしまいました。勤めもあるし、急にやった程度の試験勉強では無理がある……当然です。やっぱり、医者になるにはもっと勉強が出来ないと駄目《だめ》だと悟り、医者を断念すると同時に、完全に物書きになろうと決心したのです。

黄表紙みたいな作品をたくさん書いて、僕みたいな人がいたら、読んでいる間はゲラゲラ笑って、一日ぐらいホッとするような、そういう小説を絶対書きたいと思って、再び東京へ向かうことにしました。

11

浅《あさ》草《くさ》フランス座へ

親掛《が》かりはもうやめにして
自分の力でとにかく生きていく

釜石《かまいし》では、母と一緒に暮らしていたおかげで、療養所のお給料は全部貯めていました。ボーナスも含《ふく》めて二年半で二十万円あまり。それを手に、ようやく大学に戻ってきました。その頃《ころ》、上智大学では外国語学部が開設されたのを機に、僕《ぼく》は高校時代も習っていたフランス語学科に進みました。

じつは、療養所で働いていたにもかかわらず、それまで学校には「病気療養中」と報告していました。自分で書いた診断書に療養所のはんこを押して絶えず大学へ送っていたので、奨学金《しょうがくきん》も生きている状態で戻ってこられたのです。みんなにも「よく帰ってきた」と言われるほどでした。

しかし、いつもの調子で、本を買ったり、映画や芝居《しばい》を見たりしているうちに、貯金は半年ほどで底をついてしまいました。

母から仕送りをもらっていたとはいえ、当時暮らしていた二食付きの学生寮《りょう》の寮費三千円は稼《かせ》がないと、と思って新聞を見ていたら、「浅草《あさくさ》フランス座、文芸部員募集」という広告を見つけました。

時代のせいもありますが、安定したサラリーマンになろうという発想もなく、「劇場の文芸部員かあ、いいなあ」という気持ちだけで応募することにしました。

劇場に行ってみると、応募者がなんと二百人あまりもいました。そして僕ら全員に「一週間以内に原稿用紙六十枚の一幕ものの芝居を書いてくること」という課題が出されました。

ところが、きちんと書いてきた人は、なんと二百人中たった四人。「ストリッパーのヒモ狙《ねら》いの人が大勢いたらしい」という噂《うわさ》は本当だったようです。そして、僕と早稲田の演劇科に通っていた学生が採用されました。

彼は、作家の林真理子《はやしまりこ》さんのおじさんでした。

二人でストリップの幕間《まくあい》にやっている笑劇の台本を書き始めました。当時は、長門勇《ながといさむ》さんや佐山俊二《さやましゅんじ》さん、関敬六《せきけいろく》さん、谷幹一《たにかんいち》さんなど、後に名をなす昭和の名優たちが、駆《か》け出しの青年として出演していました。その頃、結核で療養中だった青年が劇場に戻ってくるという話が伝わってきました。それが渥美清《あつみきよし》さんでした。僕の芝居は、渥美さん復帰の再デビュー作で使われることになりました。

座付き作家になることは、次の目標を見定めてのことではありませんでした。とにかくコントを書くとお金がもらえる、それが大きかったのです。生きていくための基本的なお金を自分で稼ぐこと、親掛《が》かりはもうやめにして、自分の力でとにかく生きていく、今はまずそれが必要だと思いました。

作家としての基本給は三千円でした。これでちょうど寮費がまかなえます。その上にコントを一本書くと五百円がもらえるのです。一本のショーに五カ所ぐらいコントが入るので、そのために五本書けば二千五百円。当時としてはかなりいい値段でした。

僕は、大学の授業が終わるとすぐ地下鉄で浅草へ行って、ずっと本を書いていました。その経験が、後の仕事のベースになっていると思います。

12

懸賞応募からプロの道へ

自信はなかったけれど
とにかく書くのが楽しかった

当時、ラジオでは民間放送開局五周年を記念した企画が行われていました。脚本の一般公募もそのひとつです。テレビは、放映が始まったばかりで、テレビ自体を持っている家庭も少なく、ラジオドラマは時代の最先端でした。

僕《ぼく》は、浅草《あさくさ》フランス座でコントの台本などを書きながら、一所懸命ラジオドラマを書いて応募していました。

懸賞応募には、必ず上位に入ってくる関西の学生がいました。それが作家の藤本義一《ふじもとぎいち》さんでした。藤本さんはまさに西の懸賞王、僕は大抵負けていました。それでも、五本ぐらい書いておいて、落ちたのを手直ししてはまた出してほとんど制するという、懸賞荒らしをしていました。西の懸賞王にはかないませんが、僕も懸賞大臣ぐらいにはなっていたでしょうか。自信はなかったけれど、とにかく書くのが楽しかったのです。

そして、文化庁が毎秋に民間から芝居《しばい》の脚本を募集して、それを三大劇団が上演するという懸賞企画に応募し、二十四歳のときに書いた作品が芸術祭脚本奨励《しょうれい》賞を受賞しました。『うかうか三十、ちょろちょろ四十』という作品でした。

ただ、奨励賞は言い換えれば佳作ですから、上演まではされませんでした。しかし、賞金は約二十万円。それはもう当時の価値にしたら相当な金額です。寮《りょう》のみんなにおごったり、振る舞ったりしました。

ラジオの懸賞応募を通じて、それで身を立てていこうと思ったりもしていた頃《ころ》、NHKラジオから声をかけていただきました。懸賞応募によく合格している僕を、ちょっと使ってみようかという話になったようで、専属ライターとして教育関連の番組を担当することになりました。

13

僕《ぼく》の創作術

初日の幕が開いて、お客さんが拍手をして
「いい芝居《しばい》でした」「感動しました」
「笑いました」と言ってくれるのが
何よりの報酬《ほうしゅう》

僕《ぼく》らの仕事は「結果オーライ」の仕事です。どんな苦労をしようが、どんなに寝そべって書こうが、過程は読者も観客も知ったことではありません。放送でも芝居《しばい》でも小説でも、表に出たものがよくないとどうにもならない。出たものだけの勝負、それですべて判断されます。そのためには、遅《おく》れようが何しようが、とにかくいいものを書くしかないのです。

僕は、故郷につくった図書館「遅筆堂文庫《ちひつどう》」の名称通り、筆が遅《おそ》いのは有名ですが、「どうしてそんなに遅いのですか」と聞かれたら、こう答えるしかないと思っています。

理屈でわかっているようなものを書くと、全然面白くありません。いいものを書くためには、練《ね》って練って、これじゃ駄目《だめ》、あれも駄目、これも駄目と、何度も何度もやってはじめて出てくるものを信じています。僕はその感じを「悪魔が来る」という言い方をしています。

芝居の場合、特に座付き作家だと、俳優さんがあらかじめ決まっていますので、その俳優さんの人形を作って、原稿用紙の上で動かしながら考えます。人形は、栄養ドリンク剤の箱を解体して、写真を貼って作ったもので、それが原稿用紙を舞台に見立てると、ちょうど舞台の大きさと人間のイメージになるのです。

それをひと月ほどかけて、あれこれ一所懸命に組み合わせながら構成を組み立てていきます。そこまでにたどり着いて、ようやく書き始められるのです。

芝居の場合は、特に最後のせりふが出てこないと、最初のせりふが書けません。それから、最初のせりふが二番目のせりふを引き出して、二番目のせりふが三番目を引き出して……と、全部を組み合わせながら書いていきます。その結果、また最後のせりふにたどり着くというところまで読めないと、やっぱり芝居は書けないのです。

これが連載小説だと、「今回は、こう行っちゃえ」って書き始めて、続きは次の締切《しめき》りまで一カ月考えて、ということもできますが、芝居はそうはいきません。

結局、初日の幕が開いて、お客さんが拍手をして、「いい芝居でした」「感動しました」「笑いました」と言ってくれるのが何よりの報酬《ほうしゅう》なのです。

14

劇作の喜び

見る人が目の前にいるのが
一番厳しく、しかし面白い

小説というのは一人の孤独な作業ですが、劇作は多くの人たちが関わって創り上げていきます。芝居《しばい》は船を作る過程に似ています。僕《ぼく》は設計図や航路を描き、そして船長や乗組員を決めていく。そうした裏側に面白さを感じています。

設計者は、湾内を高速で走るスマートな船にするか、世界一周するぐらいの大きな船にするかなどを決めます。それに基づいて、スタッフが船を作ります。そこには船長がずっとついて「ここのところはこうしたらいい」と指導しながら進めます。そこへ俳優、つまり一等航海士たちが乗りこみ、お客さんを迎えるわけです。大勢のお客さんを乗せるためにも、決して沈まないようにしなければいけません。

だからどんなに早く仕上げても、沈む船だと意味がない。お客さんが乗り始めて、ギリギリまでどこかでトントンと作業していても、大切なのは、お客さんが乗ったらすごく快適な状態になっているように導《みちび》くことです。だからその設計者が一番しっかりしていなければなりません。

結局、最後はお客さんと俳優さんが、一つの屋根の下にいるというところへたどり着きます。そこでは、作者も演出家も照明家も全部消えてしまうのです。

やはり見ている人が目の前にいるという形式は、一番厳しく、しかし面白い。贅沢《ぜいたく》な芸術です。

15

笑いとは何か

笑いとは、人間が作るしかないもの
それは、一人ではできない
人と関わって、お互《たが》いに共有しないと
意味がないものでもある

僕《ぼく》の芝居《しばい》には必ずといっていいほどユーモアや笑いが入っています。それは、笑いは人間が作るしかないものだからです。

苦しみや悲しみ、恐怖や不安というのは、人間がそもそも生まれ持っているものです。人間は、生まれてから死へ向かって進んでいきます。それが生きるということです。途中に別れがあり、ささやかな喜びもありますが、結局は病気で死ぬか、長生きしてもやがては老衰《ろうすい》で死んでいくことが決まっています。

この「生きていく」そのものの中に、苦しみや悲しみなどが全部詰《つ》まっているのですが、「笑い」は入っていないのです。なぜなら、笑いとは、人間が作るしかないものだからです。それは、一人ではできません。そして、人と関わってお互《たが》いに共有しないと意味がないものでもあります。

人間の存在自体の中に、悲しみや苦しみはもうすでに備わっているので、面白おかしく生きようが、どういう生き方をしようが、恐ろしさや悲しさ、わびしさや寂《さび》しさというのは必ずやって来ます。でも、笑いは人の内側にないものなので、人が外と関わって作らないと生まれないものなのです。

親と子を引き裂《さ》くとか、恋人を忘れさせるとか、どちらかが死んでしまうとか、悲しませることは簡単です。しかし、笑いというのは放っておいて出来るものではありません。

人は、放っておかれると、悲しんだり、寂しがったり、苦しんだりします。そこで腹を抱えて笑うなんていうのはない。それは、外から与えられるものがあってはじめて笑いが生まれるからです。しかもそれは、送る側、受け取る側で共有しないと機能しないのです。

笑いは共同作業です。落語やお笑いが変わらず人気があるのも、結局、

人が外側で笑いを作って、みんなで分け合っているからなのです。その間だけは、つらさとか悲しみというのは消えてしまいます。

苦しいときに誰かがダジャレを言うと、なんだか元気になれて、ピンチに陥《おちい》った人たちが救われる場合もあります。

笑いは、人間の関係性の中で作っていくもので、僕はそこに重きを置きたいのです。人間の出来る最大の仕事は、人が行く悲しい運命を忘れさせるような、その瞬間だけでも抵抗出来るようないい笑いをみんなで作り合っていくことだと思います。

人間が言葉を持っている限り、その言葉で笑いを作っていくのが、一番人間らしい仕事だと僕は思うのです。

16

文学が持つ力

明日命が終わるにしても
今日やることはある

僕《ぼく》の芝居《しばい》は、いろいろなテーマが見え隠《かく》れしていると言われます。社会主義とか資本主義とか宗教とか、芝居のテーマにはいろいろありますが、すべて誰かが頭の中で考えたことであって、本当にリアルなのは、現実しかありません。

誕生し、成長して、年を取って、病気になるか老《お》いて死んでいくこと……リアルなものはそれしかないのです。小説や芝居には、そういうことが全部書いてあります。だから、その年なりに、その時々によって読むべき小説、見るべき芝居というのがあるのだと思います。

本を読むことと、ビジュアルで見てしまうことを比べると、想像力がまったく違《ちが》います。そして本は漠然とは読めません、集中が必要です。僕はそうして今も本を読み続けています。

チェーホフを主題にした芝居も書きましたが、彼は四十四歳で亡《な》くなるまで、二十年間ずっと結核と友だちになりながら、膨大《ぼうだい》な仕事をしていました。そういう生き方をチェーホフの作品から、チェーホフの実人生と重ね合わせながら見ていくわけです。

そこからは、「人はいつ死ぬかわからない、しかし、明日命が終わるにしても、今日やることはある」ということがよくわかります。そういう意味では、文学作品とは、生きる上での相当な導《みちび》きのお師匠さんになるのではないでしょうか。

たとえば、何人かで同じテレビドラマを見たとしても、深く受け取る人もいれば、ストーリーだけ追っていく人、俳優を見ている人もいます。若者をはじめとする本離れが問題視されていますが、それも同じで、それぞれの覚悟と受け取り方によるでしょう。時代が違えばそれはそれでいいのかなと。僕はそう思っています。

17

変化する言葉

自分が使いこなせる言葉で
ものを考えることが大切

日本語は、常に変化しているものですから、「昔は正しかった」というのは間違《まちが》いだと思っています。

たとえば、昭和のはじめの頃《ころ》までは、「とても」の下には「とても、かなわない」や「とても苦手だ」のように、必ず否定がつくのが定義でした。ですから、「とてもうれしい」というのはおかしいと言われていたのです。「全然」の下も同じです。つまり、係り結びの法則が生きていた頃は、「全然」ときたら必ず否定だったのです。

しかし、いつしか「とても」は自立して「強調」に使われるようになり、今は「とてもおいしい」や「とても元気だ」という否定以外の使い方が当たり前になっています。つまり、使う人が増えて、それがおかしくないという意識になれば、それは正しいとなるわけです。

言葉は乱れて当たり前なのです。一億何千万の人たちが、同じ言葉を使うことの方がかえって気持ち悪いと思います。一人として同じ顔の人がいないのと同じように、同じことを言う人はいません。それぞれが、それぞれの気持ちや情報を、相手にきちんと伝えられるということさえしっかり考えていればいい。そうすると、なるべく外来語を使わないで、ここは日本語で言った方がいいというのも見えてきます。

言葉は必ず自分たちより優れている国から真似《まね》するものです。昔は、中国に憧《あこが》れを持ち、中国の語感でしゃべった方がインテリと思われるという貴族たちが、中国語風の日本語を話したり、中国の漢語を使ったりしていました。それがだんだんこなれてきて、生活に浸透していったのです。

ただ、舞台の言葉は、大和《やまと》言葉で書かないと駄目《だめ》だと思っています。大和言葉は、「走る」「寝る」のように基本語が多く理解が早いからです。漢語を並べたせりふだと、お客さんが聞いて考えたり想像したりしているうちに、次のせりふに移ってしまって追いつけなくなるからです。
つまり、「洗濯」より「洗う」と言った方が、お客さんの反応がちょっと違うのです。で、クリーニングって言うと、意味はわかりますが、洗濯よりもまたさらに時間がかかります。このように、「洗う、洗濯、クリーニング」をはじめ、「決まり、規則、ルール」や「歩く、歩行、ウォーキング」など、僕《ぼく》らは日常的に、大和言葉と漢語と外来語を使い分けているわけです。

昔は中国でしたが、今は経済をはじめ、英語が世界基準で、英語を使った方が物知りのような格好いいような気がするようです。ただ、日本語にない概念が英語には存在する場合もあります。そのときは英語を使って何の問題もないと思います。長い時間を経て、英語もひょっとしたら漢語みたいに日本語のなかに馴染《なじ》んでくるかもしれません。いずれにしても、意味がわかって使うのは、外来語だろうが何だろうが、全然構わないのです。

ほかにも、若者言葉は「超《ちょう》むかつく」のように、流行《はや》り廃《すた》りが多いといわれますが、「超」というのは、昭和の少年新聞には「超〇〇」「超弩《ど》級」「超大作」のように、印象を強めるための副詞としてよく用いられていた、便利な言葉でした。

言葉は、少しずつ世の中に合わせて動いていかないといけないと思います。しかし、その動いていくときには、前の言葉をしっかり勉強や研究をしている人が必要です。全部が一斉《いっせい》に動いてしまうと、きっとわけのわからない国になってしまうからです。

大切なのは、自分が使いこなせる言葉でものを考えるということです。生半可《なまはんか》な外来語とか、意味をきちんと理解せずに討論をし、ものを考えていくと、その言葉に合わせて、いいかげんな理論構築や結論が生まれてしまうようになるのです。それが一番危険だと思っています。

18

日本語の新世紀

「それ、わかりませんので教えてください」
と無知のふりをして聞き返せばいい
やっぱり無知が一番賢《かしこ》いのです

国がお金を出している施設には、○○プラザなど、横文字のついた施設があっちこっちにあります。役人には、横文字、外来語にした方が何か抵抗がないと考えている人がいて、その方がある意味ではかっこいいし、通りやすいと思っているようです。

しかし、そうして横文字を無反省に使っていると、考えていること自体が非常にあいまいになってきます。

また、役人が横文字を使って話したのがメディアで流れると、「あ、かっこいい言葉だな」って思う人が出てきます。「草の根運動」を「グラスルーツ」なんて言うと、「ああ、かっこいいな。よし、あしたから会議で使おう」と思う。そんな軽い気持ちで使っただけで「こいつはすごく賢《かしこ》いな」という印象になるからです。

使うのがいけないのではなく、そこには、必ず日本語に翻訳が出来る頭を持っていなさい、と言いたいのです。そうすれば外来語を使っても、さほど支障はないと思います。

あえて「グラスルーツってどういう意味?」と聞き返して欲しいのです。日本人はなかなか勇気がないのですが、「それは何ですか?」「それ、わかりませんので教えてください」と無知のふりをして聞き返せばいい。やっぱり無知が一番賢いのです。それがお互《たが》いのためじゃないでしょうか。

たとえば「パソコン」も、パーソナルコンピュータ、個人的なコンピュータ、演算機、演算装置というように頭で理解出来ていればよいのです。本当の意味を留守《るす》にして、パソコン、パソコンって言っているだけで、それが国のことを決める議論に使われては、えらいことになってしまいます。

実際に、政治家たちの話はほとんど外来語で成り立っていて、本当にわかっているのかなと思ってしまいます。いろいろな不祥事があって、政治家が「甚《はなは》だ遺憾《いかん》でございます」とか「前向きに善処《ぜんしょ》します」と言うのは、日常生活の中ではあり得ない言語を使って国民を納得させようとしているだけなのです。

会社の社長や重役が不祥事のときにテレビで頭を下げるのも、それは単なる約束事であって、謝ったっていう形式を視聴者に認めてもらっている儀式でしかない。言葉にはあまり意味がないのです。

そういうときに、変わったことを言う人がいたら面白いとは思いますが、いつも頭を下げて、重く受け止めていますとか言うだけで終わってしまう。あれは、すべてセットになっているのです。そういう態度で言い続けていると、視聴者が「しょうがないなあ、こいつらは」っていう感じになると見越しているのです。

今は、口語による日常の言語生活と、文章言葉がまた少し離れている気がします。その間を埋《う》めようと、いろんな若い作家が様々な工夫をしていますが、まだまだその距離は埋まっていないようです。

19

デジタルの時代に

手が記憶する
記憶した手で
新しいことを作っていく

「手が記憶する」、これはゲーテの言葉です。手で書いたことは忘れないのです。たまに引用や原稿の控《ひか》えを残すときにワープロを使うと、その内容はつい忘れてしまいます。あまり内容を理解しないで作業としてやっているからなのです。

しかし、手書きだと書いていくうちに何か残るのです。手が記憶するって、本当にそうだと思います。

僕《ぼく》はパソコンを使いません。携帯電話も持っていません。メールはもちろんやりません。原稿は、整理する段階ではワープロを使いますが、基本的には手で書いています。それは、「手が記憶する」という言葉を信じているからかもしれません。

ピアニスト、竹細工の職人、なんでもいいのですが、特に「手の職人」は、手が覚えているという感覚が強いと思います。僕が通う寿司屋のおやじさんは、もうかなりのご高齢ですが、パッとつかむ米粒の量は毎回ほとんど同じです。右手でシャリを取って、量を調整するように三、四回つかみ直して、左手でネタを整えて。そういうのが、人の技というか人間の本来の姿だと思います。

人間にとって機械は、ある程度のところまでは手の延長だったのですが、だんだんと手を抜《ぬ》きにしていくようになり、やがて頭と手がただの道具になってしまうのは、ちょっと嫌だなと思っています。

携帯電話は、あったらすごく便利だろうとは思うのですが、自分のではなく、誰かの意志でバシッと時間を切られるのが、かなり厳しいと感じています。

僕の場合は、むしろ電話が来ると困る仕事と言えるからかもしれません。特に追いこまれてグーッと入りこんでいるときに、不用意に仕事を断ち切られると、立ち直るのにまた三十分ぐらいかかってしまうからです。だから、仕事場には電話や機械を持ちこまないと決めています。

パソコンで探せる情報というのは、すごいものがたくさんあるらしいのですが、まだ本で蓄積されているものの方が、ずいぶん多いのではないかと考えています。確かにその場で探すのはとても早くて便利ですが、ひとつ掘り下げるとなるとまだ本の方がいい。

本とは、人類がたどり着いた最高の装置のひとつだと思います。それを簡単に手放すのはどうかと思うのです。やっぱりそれを大事にしたいという思いと、じつはどこかでまだパソコンを信用していない自分がいます。やっと集めたものが、ある朝一気にどこかにいなくなっちゃうような気がしているのです。

パソコンは、とても優れた道具で、そこからまた新しい何かが始まるとは思いますが、僕のような年になって、慌《あわ》てて若い人のスタイルに馴染《なじ》むには、時間がもったいないでしょう。僕は、今まで通りの「手」でいきます。残された時間を考えると、記憶した手で新しいことを作っていく方がいいのではないかと……いや、あえてそうしたいと思っています。

これから作っていく新しいことの中でも、やっぱり気になるのは日本国憲法の問題です。この六十何年間、戦争という形で、日本国民の名で誰も他国の人を殺していないし、日本人の中で死んだ人もいません。憲法九条を変える議論も、テレビで見るイラク戦争のように、戦争を始めたら誰もがすぐにああなる可能性を持っていることをまず考えて欲しいのです。

僕は、太平洋戦争のおしまいの頃《ころ》には物心がついていたので、戦争のことは理解しています。それで育ってきたという経験もあって、はたから見るとちょっと入りこみすぎと言われるかもしれませんが、やはり僕は、憲法が変わるのを見て死にたくないと思います。

芝居《しばい》、小説、エッセイ、これから書けるだけ書いていきたいと思いますが、常に「あの戦争って何だったのか？　いったい誰が得したのだろう？」ということを書き続けるしかないと思っています。

一〇〇年後の皆さんへ、僕《ぼく》からのメッセージ

一〇〇年後の皆さん、お元気ですか？
この一〇〇年の間に、戦争はあったでしょうか？
それから、地球が駄目《だめ》になるのではなく、
地球の上で暮らしている人間が、
駄目になってはいないでしょうか？

僕たちの世代は、それなりに

一所懸命に頑張ってきたつもりですし、
これからも頑張るつもりですが、
できたら一〇〇年後の皆さんに、
とてもいい地球をお渡しできるように、
一〇〇年前の我々も必死で頑張ります。
どうぞお幸せに。

井上《いのうえ》ひさし

本書は、NHK　BSハイビジョンで2007年9月20日に放送された番組
「100年インタビュー／作家・劇作家　井上ひさし」をもとに原稿を作成し、
2011年4月にPHP研究所から刊行された作品を文庫化したものです。

番組制作：NHKアナウンス室
「100年インタビュー」制作班
インタビュー：堀尾正明
編集協力：レアーズ・柴山ミカ

著者紹介

井上ひさし（いのうえ　ひさし）

1934年11月16日、山形県東置賜郡小松町（現・川西町）に生まれる。作家、劇作家。上智大学外国語学部フランス語学科卒業。戯曲『うかうか三十、ちょろちょろ四十』が芸術祭脚本奨励賞を受賞。64年からＮＨＫの連続人形劇『ひょっこりひょうたん島』（共作）の台本を執筆。69年に、『日本人のへそ』で演劇界にデビュー。72年には、『手鎖心中』で直木賞を受賞。同年、『道元の冒険』で岸田國士戯曲賞と芸術選奨新人賞受賞。以降、戯曲『しみじみ日本・乃木大将』『小林一茶』で紀伊國屋演劇賞と読売文学賞（戯曲部門）、小説『吉里吉里人』で日本ＳＦ大賞、読売文学賞（小説部門）受賞。また『私家版日本語文法』『井上ひさしの子どもにつたえる日本国憲法』などがベストセラーになる。

84年には劇団「こまつ座」を旗揚げ。「昭和庶民伝三部作」でテアトロ演劇賞、『シャンハイムーン』で谷崎潤一郎賞、『太鼓たたいて笛ふいて』で毎日芸術賞・鶴屋南北戯曲賞を受賞。

小説『腹鼓記』『不忠臣蔵』で吉川英治文学賞、『東京セブンローズ』で菊池寛賞を受賞。

2001年には、朝日賞を受賞。2004年、文化功労者に選ばれる。

2009年、恩賜賞・日本芸術院賞を受賞、日本芸術院会員に選ばれる。

2010年４月９日、永眠。

PHP文庫　ふかいことをおもしろく

2024年10月15日　第1版第1刷

著　者　井上ひさし
発行者　永田貴之
発行所　株式会社PHP研究所
東京本部　〒135-8137　江東区豊洲5-6-52
ビジネス・教養出版部　☎03-3520-9617（編集）
普及部　☎03-3520-9630（販売）
京都本部　〒601-8411　京都市南区西九条北ノ内町11

PHP INTERFACE　https://www.php.co.jp/

組　版　株式会社PHPエディターズ・グループ
印刷所
製本所　TOPPANクロレ株式会社

 ISBN978-4-569-90444-3

PHP文庫

世間とズレちゃうのはしょうがない

養老孟司、伊集院光 著

「世間からズレている」自分自身とどう付き合って生きるか――。お互いの人生体験を振り返りながら、楽しくもマジメに考えあう一冊。

PHP文庫40周年

赤と青のガウン

オックスフォード留学記

彬子女王 著

PHP文庫

何のために生まれてきたの？

やなせたかし 著

69歳でアンパンマンが大ヒット。苦しい時もユーモアと好奇心を忘れなかった著者が、半生を振り返りつつ前向きに生きる秘訣を語る。

PHP文庫

「100年インタビュー」保存版

時は待ってくれない

小田和正 著

NHK・BSプレミアム番組の文庫版。大ヒット曲誕生秘話、伝説のコンサート……。小田和正氏が「原点」「生き方」を語り尽くす。

PHP文庫

本物には愛がある

黒柳徹子 著

芸能界のレジェンド、『窓ぎわのトットちゃん』の著者である黒柳徹子さんが、幸せに生きるために本当に大切なことを語りつくします。

PHP文庫40周年